Disney

魔雪奇緣

FROZEN

短篇故事集

新雅文化事業有限公司
www.sunya.com.hk

魔雪奇緣短篇故事集

翻　　譯：張碧嘉

繪　　圖：Disney Storybook Art Team

責任編輯：周詩韵

美術設計：陳雅琳

出　　版：新雅文化事業有限公司
香港英皇道499號北角工業大廈18樓
電話：(852) 2138 7998
傳真：(852) 2597 4003
網址：http://www.sunya.com.hk
電郵：marketing@sunya.com.hk

發　　行：香港聯合書刊物流有限公司
香港荃灣德士古道220-248號荃灣工業中心16樓
電話：(852) 2150 2100
傳真：(852) 2407 3062
電郵：info@suplogistics.com.hk

印　　刷：中華商務聯合印刷（廣東）有限公司
廣東省深圳市龍崗區平湖街道鵝公嶺春湖工業區10棟

版　　次：二〇二一年十月初版
二〇二三年四月第二次印刷

ISBN: 978-962-08-7878-7

Published by Sun Ya Publications (HK) Ltd.
18/F, North Point Industrial Building, 499 King's Road, Hong Kong
Published in Hong Kong SAR, China
Printed in China

目錄

Disney

魔雪奇緣

FROZEN

阿德爾王國是個很快樂的地方。國王和王后有兩個年幼的女兒——安娜和愛莎。這個王室家庭有着一個共同的秘密：愛莎可以用雙手創造出冰和雪。一天晚上，安娜遊說了愛莎，請她將典禮大廳變成一個冰雪樂園。姊妹倆玩得興高采烈之際，愛莎卻不小心讓魔法失了控，擊中了安娜的頭部。安娜昏倒在地上。

國王和王后立即把女兒們帶到小矮人那裏去，小矮人是懂得魔法的神秘治療者。一位名叫佩比爺爺的老智者小矮人醫好了安娜，又洗去了她的記憶，令她記不起愛莎的魔法。他解釋說，幸好冰凍魔法只是擊中了頭部，而不是心臟。

小矮人又告訴國王、王后，愛莎的力量只會越來越強大，並警告說：「恐懼會成為她最大的敵人。」

國王和王后都知道他們必須保護女兒。為了保守愛莎擁有魔法這個秘密，他們把城堡的城門都關上了。國王送了一對手套給愛莎，讓她可以控制自己的魔法力量，但她仍然很害怕自己會傷到別人，甚至為了避免再傷到安娜而避開她。後來，當安娜和愛莎都長大成為少女，她們的父母在一次航海途中遇上風暴失蹤了。姊妹二人更加感到無比孤單。

愛莎總是留在城堡內，因為這樣她便可以把魔法藏起來。然而，她卻不能永遠都關上城堡的城門。在她的加冕典禮當天，大家都被邀請到城堡裏去慶祝。

愛莎非常緊張，但安娜卻很興奮，因為她可以有機會認識許多新朋友！在此之前她幾乎沒有踏出過城堡。安娜遇上了南方小島的漢斯王子，她對漢斯王子一見鍾情，二人雙雙墮進愛河。

在加冕舞會上，漢斯向安娜求了婚。安娜立即答應了，二人便一同去將好消息告訴愛莎，希望得到她的祝福。

愛莎卻不願意祝福他們，她不能讓妹妹嫁給一個剛剛才認識的男人！

安娜卻認為愛莎不可理喻，憤怒地喊道：「為什麼你要避開我？你到底害怕什麼？」

愛莎跟妹妹糾纏之間，她的魔法又失控了，冰雪從她掌心裏射出來。如今整個阿德爾王國都知道她的秘密了。愛莎不知所措，立即逃到山上去。

既然秘密已經被識穿了，愛莎也就盡情地釋放她的魔法力量。一陣暴風雪在她的身邊捲起，她用魔法建造了一座冰王宮，她甚至改變了自己的造型。

山下，整個阿德爾王國都在一片冰雪之中。

安娜感覺糟透了！她留下漢斯在王國裏主持大局，自己出發去尋找姊姊。

在安娜艱辛地穿越森林之際，她的馬兒走失了。幸好，她遇上了一位採冰人克斯托夫和他的馴鹿斯特。他們都願意一起幫助她尋找愛莎。

安娜和克斯托夫在高山上走着，來到了一處美麗的冰雪樂園，還碰見了一個活生生的雪人。

「我叫雪寶。」雪人說。

安娜想：這肯定是愛莎所創造的雪人。於是便請雪寶帶他們去找愛莎，好讓愛莎將夏天帶回來。雪寶很喜歡「夏天」這個概念，便快樂地帶着他們到愛莎的冰王宮。

安娜進到裏面，便告訴愛莎阿德爾王國所遭遇的暴風雪。

「沒事的，你把冰雪融掉就可以了。」她說。

可是，愛莎並不知道怎樣做才能停止暴風雪。她感到既失落又挫敗，迷惘之間，她大叫了一聲：「我做不到！」

一條冰柱突然在房間裏劃過，打中了安娜的心口！

克斯托夫立即扶住安娜，說：「我想我們該走了。」

到了山下，克斯托夫留意到安娜的頭髮開始變白。他知道他的小矮人朋友能幫助她，於是便帶她到小矮人山谷去。

佩比爺爺一看便知道安娜受傷了，便凝重地說：「你的心被你姊姊的魔法冰住了。如果不移除那些冰，不久之後，你會整個人都永遠地冰封起來。」

佩比爺爺解釋說，只有真愛能融化一顆冰封的心。安娜知道漢斯就是她的真愛，也許他的一吻能拯救她！

安娜、克斯托夫、斯特和雪寶便立即回去阿德爾王國找漢斯王子。

這時，漢斯卻不在阿德爾王國，他出去尋找安娜了，因為他看到安娜的馬自行回到王國裏，安娜卻沒有一同回來。

漢斯和搜索隊伍來到了愛莎的冰王宮，他們開始攻擊愛莎，於是她惟有自衛。其中一個士兵用弩弓瞄準了愛莎！漢斯把弓推開，箭便打中了吊燈。吊燈掉了下來，把愛莎擊昏。

漢斯和他的手下把愛莎帶回阿德爾王國，並將她鎖進城堡的牢獄裏。

王國外，安娜、克斯托夫、斯特和雪寶加快腳步下山，因為安娜的身體越來越虛弱了，克斯托夫很擔心她。

到了城堡的城門，他將安娜交給城堡的侍從。他發現自己非常關心安娜，但他知道她的真愛漢斯才能令她好起來。

安娜在圖書館裏找到漢斯，問他可否給她一個吻去拯救她的性命，但漢斯居然拒絕了！原來漢斯一直只是在假裝喜歡安娜，好讓他可以掌控阿德爾王國。他把房裏的火爐熄滅了，留下安娜在那裏冷得顫抖。

在牢獄裏，愛莎只想着如何逃離阿德爾王國。惟有離開，才能保護所有人不被她的魔法所傷，特別是安娜。愛莎非常失落，結果把整個牢獄都冰封起來，然後自己逃走了！

安娜獨自在圖書館裏，想起了自己有多魯莽。為了尋找愛情，她把自己和姊姊都逼到了絕境。

正當安娜感到絕望的時候，雪寶衝進來了，並為她點起火爐，令她可以溫暖些。

安娜很擔心火爐會使雪寶融掉，但雪寶卻不在意，說：「有些人值得我為她犧牲。」

那時，雪寶望出窗外，看見克斯托夫正騎着斯特回來城堡。雪寶發現克斯托夫才是安娜的真愛！

雪寶扶着安娜走出城堡外，她看見漢斯正舉起他的劍，想向愛莎揮下來！安娜立刻擋在愛莎前面，就在漢斯揮劍的一刻，安娜的身體結成了冰。

愛莎兩手環抱着她結了冰的妹妹，哭着說：「噢，安娜！」這時，奇妙的事情發生了：安娜開始解凍了！

「真愛能融化一顆冰封的心。」雪寶說。

「愛！」愛莎哭着望向安娜，「原來是愛！」愛就是她魔法的關鍵。她將冬天變回了夏天。

夏天回來了，阿德爾王國也回復了原貌——不過現時的城門都為人民而打開了。阿德爾王國已經好一段時間沒這樣歡樂過了。而最快樂的莫過於愛莎工后和安娜公主，因為她們終於能再次在一起了！

Disney
魔雪奇緣
FROZEN

完美的生日

安娜非常興奮，因為明天是她的五歲生日。這個歲數剛好能用一隻手的手指來表達，所以是個大日子呢！

「噢，我實在急不及待了！」安娜告訴姊姊愛莎說，這時她們準備要睡覺了，「為什麼這麼久還未到明天呢？」

話音剛落，安娜和愛莎的母親便走了進來，為她們蓋好被子，說句晚安。

伊杜娜王后告訴安娜說：「你知道嗎？想讓明天早點來的話，現在就最好快些去睡。當你醒來的時候，就是你的大日子了。」

安娜笑着爬上牀。「請再一次告訴我明天將會怎樣的。」她跟母親說。

伊杜娜王后說：「嗯，我們會舉行一個盛大的派對，派對上會有美味的食物和美麗的裝飾，也會有很多重要的賓客。當然，生日的孩子還會有一條很漂亮的新裙子。」

第二天，安娜醒來的時候，她第一眼看見的，就是放在房間角落裏的新裙子。

「嘩！」她讚歎說，「好精美啊！」裙子的確很精美，裙上有繡花裝飾，裙邊還有蕾絲，這是安娜見過最漂亮的裙子。

裙子是全新的，度身訂做的，簡直是完美中的完美！

安娜很快地吃完早餐，女僕葛達便替她換上派對的裙子。

安娜走出房間，看見愛莎已經在等着她了，是時候一起去弄個美麗的髮型參加派對。

「跟你鬥快跑過去！」安娜叫道。

她立刻開始奔跑，卻被自己絆倒了，結果滿身是塵。

愛莎笑着把安娜裙上的灰塵掃走，說：「快走吧！我們快要遲到了！」

愛莎拖着安娜，姊妹倆一起蹦蹦跳跳地前行。

「為壽星女弄個壽星鬈髮吧！」看到安娜和愛莎走進來後，髮型師說，「姊姊就編個大辮子。」

髮型師立即開始工作，很快安娜便滿頭髮鬈。

「現在不要動啊！」髮型師認真地告訴安娜。「這些要等上一個小時。」

安娜做了個鬼臉，她怎能坐着一個小時不動呢？

「安娜，想我跟你說個故事嗎？」愛莎提議。

「好啊，謝謝你！」安娜說。要一小時不動實在不容易，但專注聽着愛莎說的故事，安娜總算能等到把頭髮都弄好。

安娜看着鏡子裏的自己，髮型完美極了！她轉了個圈。轉圈時，有一個小鬈鬆開了。她再照照鏡子，她更加喜愛現時的髮型了！

安娜的王室生日派對快要開始了。「嘩！」她偷偷看進宴會廳，輕聲發出驚歎。宴會廳裏有很多人呢！

安娜知道參與這種華麗的派對，必須有完美的禮儀。畢竟，她也不想令父母尷尬。於是，她輕輕跟愛莎揮一揮手，便端莊地走進宴會廳，跟每位賓客都禮貌地點點頭。

她坐下來的時候，也掃順了裙子的後襬，確保不會把裙子坐皺了。

安娜在整頓晚餐裏，都表現得很完美。她沒有把手肘放在桌上，也確保自己把碟子上的所有食物都吃光。表現得如此得體也許不太好玩，但安娜知道她的父母會以她為榮。

一切都進行得很順利……直至她很大聲地打了一下嗝！

「對不起！」安娜說，立即雙手蓋着口，尷尬得滿面通紅。打嗝絕對不是王室派對應有的禮儀。

安娜的父親笑了。「別擔心。」他安慰安娜，「有時候打嗝是對廚師的讚賞呢！」

然後國王也打了一下嗝！

他說：「這樣，廚師就知道我們兩個都很享受這一餐了。」

安娜笑了，她父親總是知道如何令她可以釋懷。

吃蛋糕的時候，安娜竭力地吃得整潔一點，但最後臉上還是沾上了一些忌廉。她雙眼鬥雞地看着自己鼻上的那些忌廉，努力地忍着笑。

但在安娜還未反應過來的時候，她母親已經一手抹去她鼻子上的忌廉……然後放進自己口裏！

「好味道！」她說，並向着安娜眨眨眼。

安娜忍不住笑了起來。

那天晚上，正當安娜準備睡覺時，她歎了口氣。她一直很期待自己的生日，但這天卻太過專注於表現完美，而完全沒機會好好玩樂一下！

忽然，安娜聽見一把小小的聲音：「喂喂！」原來是愛莎！

「你準備好參加你真正的派對了嗎？」愛莎問。

「我真正的派對？」安娜問，「剛才不是參加過了嗎？」

愛莎笑着向她招招手，說：「那些王室派對太正經了，一點都不好玩。最好的慶祝方法，就是姊妹派對！」

愛莎捉住了安娜的手，帶她走到大廳去。「只有兩條規則。」她說，「沒有禮儀，沒有大人。」

安娜和愛莎靜悄悄地在城堡裏走來走去。首先她們偷偷進到廚房去吃剩下的生日蛋糕，並且只用手拿着吃，沒有用叉或碟子！

然後他們又溜進洗衣房，能帶走多少被子和枕頭就帶走了多少，把這些都帶到自己的房間，建起了一個最大的枕頭堡壘！姊妹倆還來了一場枕頭大戰。

安娜以為這已經是史上最棒的生日派對，但愛莎還拿出了一份特別的生日禮物。那是愛莎繪畫的一幅姊妹圖。安娜非常喜歡！

很久很久之後，安娜和愛莎終於上牀休息。

「你說得對。」安娜說，「姊妹派對太棒了。」

「你生日過得快樂嗎？」愛莎問。

「感謝你。」安娜跟姊姊說，「這個生日過得很完美。」

Disney

魔雪奇緣

FROZEN

波達的水晶

波達的水晶

克斯托夫和斯特一同去探望小矮人。佩比爺爺因事遠行，所以他們來幫助小矮人一起收割蘑菇。

經過了一天漫長的工作，他們跟波達和其他小矮人圍着營火休息。

營火漸漸熄滅，波達發現她的其中一顆水晶開始在閃爍。「噢，糟了！」她驚訝地說，「我的水晶要變暗了。」

「別擔心。」克斯托夫說，「你還有許多其他水晶呢。」

「是的，但這是我最喜歡的一顆。」波達說，「這是佩比爺爺在你當初來跟我們一起生活時給我的。」

波達望着自己的水晶，說：「當這種水晶開始變暗，就必須要在現時的北極光失色之前，為它再次注入能量，否則它便會失去發光的魔力。佩比爺爺知道怎樣做的，但他現在不在。」

克斯托夫望着波達，她曾給他和斯特一個家，所以他很感謝她所做的一切，實在不忍見她失望的樣子。「斯特和我會讓你的水晶再次發光的。」他肯定地說。

天一亮，克斯托夫和斯特便起程到阿德爾王國，並在圖書館裏找到安娜、愛莎和雪寶。

「這裏應該有一本關於水晶的書。」愛莎一邊說，一邊找出一本鋪滿了塵的大書。她迅速地翻閱，說：「這裏寫着，為小矮人水晶補充能量的地方是：光線喚醒天空之處、天與地相連之處和水長流之處。」

「光線喚醒天空之處可能就是指北極光。」克斯托夫說，「天與地相連之處可能是指一處山頂。」

「奧柏拉丁山邊有一條又長又窄的峽灣。」安娜說，「我想那裏就是水長流之處！」

從阿德爾王國到奧柏拉丁山要一整天的路程，所以他們立刻準備了一些乾糧、毯子和地圖，便起行了。

他們爬了一整天的山，終於來到了一個陡峭的山崖頂上。克斯托夫在崖邊俯身張望，找尋去路。

「按照地圖指示，我們應該要從這座山崖爬下去。」安娜說，「沒有其他路可走了。」

「嘩！」雪寶看着那陡峭的山崖，雙眼張得大大的，然後他笑了，「出發吧！」

克斯托夫也笑了，對安娜說：「也許你會想用繩子！慢慢下去吧，沒問題的。」

安娜便笑着爬下山崖，說：「這應該很好玩！」

「安娜爬得夠慢嗎？」雪寶問，因為安娜爬得挺快的。

「嗯，其實小心地爬比慢慢地爬更重要。」克斯托夫笑着說。

「我認為其實不一定要爬山。」愛莎精明地笑着說，「我有個簡單一點的辦法。」

愛莎揮一揮手，便運用她的冰魔法創造了一條冰滑梯！她、雪寶和斯特便順着冰滑梯滑下來，比克斯托夫和安娜更快到達山下呢！但當大家到了山崖下，又發現還要攀過另一座山崖！

他們沿着峽灣又走了幾個小時，不停上山下山，終於走到了奧柏拉丁山頂。然而，出乎他們意料之外，山頂上竟然什麼也沒有，只有些大大小小的石頭。他們迷惘地四處張望。水晶在哪裏呢？

太陽快要下山了，所以他們決定在那裏休息。「我們明早再碰碰運氣吧！」安娜說。

他們在一處伸出來的大石下紮營。他們蓋上毯子，克斯托夫唱着一首他寫的新歌。忽然間，一道道絲帶般的彩色光束劃過夜空。

「我很喜歡這些喚醒天空的彩光。」雪寶快樂地讚歎，「但我從來沒有見過會發光的石頭呢！」

大家都望向雪寶凝視的方向。天空發出的彩光照射到石壁上，他們看到石壁裏的深處，發出點點紅色、綠色、黃色和紫色的亮光！

「那些會是水晶嗎？」愛莎問。

克斯托夫立刻摸了摸那道石壁，又拿出了他的登山斧頭。這時，斯特輕輕地推開了他。

斯特退後了幾步，然後猛力向前衝，用鹿角撞向大石，發出「轟隆」的聲響。

可惜，聲音雖大，但石頭上只是出現了一些細微的裂縫。

「讓我試試吧。」愛莎提議。她揮動雙手，運用魔法，讓冰鑽進裂縫裏。石頭開始結冰之後，裂縫便越來越大，壁上出現了一個小洞。

安娜便把握機會伸手進去，卻沒能伸得很深。

「太窄了。」她叫喊。

「噢，糟了！」愛莎說，「天空的極光開始黯淡了——石頭裏的水晶也是！」

安娜想了想，說：「也許還有其他方法。克斯托夫，能給我波達的水晶嗎？」

安娜這次拿着波達的水晶，再次伸手進入石壁內。當波達的水晶和石壁內的水晶碰在一起，它們之間傳過一道魔法的能量。波達的水晶又開始亮起來了！

這幾位朋友都一同歡呼。他們成功為波達的水晶注入能量了。但隨着破曉，那回復光采的水晶又開始變得黯淡了。

「怎麼了？」安娜問。

「我以為我們已經完成任務了！」愛莎搖搖頭說。

「可能我們找錯了另一座山。」克斯托夫傷心地說。

他們收拾好行裝，便下山回去阿德爾王國。

雖然未能為波達的水晶補充能量，但他們都已經竭盡所能了。

那天晚上，他們回到了小矮人山谷，波達以擁抱來迎接他們。

克斯托夫卻失望地向波達坦白說：「我們未能為你的水晶補充能量，很抱歉。」

波達笑着說：「嗯，這水晶是有點巧妙的，讓我看看吧。」

「在這裏。」安娜手中的水晶黯淡而無光。

大家都圍起來看着安娜將水晶放到波達手上。

忽然間，水晶發起光來！

「看到了吧？」波達說，「你們一起合作面對了挑戰。水晶要再次亮起來，最後所需要的就是從友情和親情而來的特別能量。」

克斯托夫笑着說：「我明白了！這也是我們為你而做的事情，因為我們都是一家人。」

波達拉着他們一起來個大擁抱，大家都很認同親情和友情確實是世界上最強大的兩種力量。

Disney
魔雪奇緣
FROZEN

皇家睡衣派對

「喂喂！愛莎？」安娜悄聲地呼喚着，又輕推她熟睡中的姊姊。

愛莎迷迷糊糊地轉了個身，說：「回去睡吧，安娜。現在都半夜了。」

「我睡不着！」安娜大力地坐上愛莎的牀。

然後安娜狡猾地笑了笑，她知道怎樣可以叫醒愛莎：「想來個睡衣派對嗎？」

這次，愛莎一下子便睜開了眼，笑了起來。這似乎很有趣呢！

安娜到她房間裏去找些額外的枕頭和被鋪，愛莎則到廚房裏去找材料弄她最拿手的蜜糖甜品。畢竟，睡衣派對要是沒有小食，就枉稱為睡衣派對了！

當愛莎回到她的房間，她發現安娜正在她的衣櫃裏尋找東西。

「啊！」安娜叫着說，「我就知道在這裏！」

安娜拿起了一本舊書，在她們還小的時候，她們父母每晚都會讀這本書裏的故事給她們聽。

「嗯，現在我們有書，有遊戲，還有上次到貿易站時奧肯給我的面霜。」安娜說，她打開了那瓶面霜，「看上去有點……黏黏的。」

愛莎笑着說：「那留着下次才用吧！」

愛莎張望着四周，上次睡衣派對已經是很久之前的事了。「那麼……我們應該先做哪件事？」她問。

安娜已經準備好了。「不如我們先建個堡壘，像小時候那樣？」她提議說。

安娜將枕頭和被鋪放到房間裏的不同角落，造成一些瞭望台和隱藏的洞穴。同時，愛莎則創造了一些冰隧道和雪樓。

「這太好玩了。」愛莎邊說邊美化着一條冰拱道，「我覺得還可以加上——」

砰！愛莎感覺到有一樣柔軟、輕盈的東西打在她的背上。回頭一看，便見到掉下來的枕頭和正捧腹大笑的安娜。

「噢，你走着瞧！」愛莎呼喊道，然後向妹妹拋起雪球來。安娜用枕頭擋住了雪球，然後興奮地尖叫着。

不久之後，房間滿布了雪花和羽毛。安娜正在堡壘上的冰滑梯滑下來的時候，她們聽見了一下敲門聲。

「天亮了嗎？」一把熟悉的聲音問。

「雪寶！」安娜叫着他。姊妹倆把她們的雪人朋友迎了進去。

愛莎解釋說，她們正在舉行睡衣派對，並邀請雪寶加入。

「睡衣派對？」雪寶興奮地問，「我一直都很想參加睡衣派對啊！」他頓了頓，又問，「其實什麼是睡衣派對？」

「我們會讓你知道的。」安娜說，「來吧！我想你肯定很擅長玩『挑竹籤』的遊戲！」

安娜猜對了，雪寶實在很擅長玩這個遊戲。

安娜則很擅長玩猜猜畫畫，她總是能猜中大家的圖畫和雕像。

用動作猜謎語則比較有挑戰性。雪寶將身體扭來扭去，做着各樣發狂似的動作，又不斷傻笑，姊妹二人還是無法猜到答案。最後，愛莎想到了。

「雪寶，你是在表達『夏天』嗎？」她問。

「對了！」他大叫，「你玩這個遊戲很棒！」

愛莎也笑了。「不如做點別的事。」她說，「說恐怖故事好嗎？」

安娜用她那最陰森恐怖的聲線說着第一個故事，她甚至還將燭光拿在臉下，讓她背後的牆映出一個令人毛骨悚然的影子。「根據傳說，長毛怪總是在這樣的晚上出來，尋找下一個目標。」她說。

「你怎樣知道長毛怪就在附近？」雪寶問。

「他會發出一聲低吟。」安娜回答說。

「嗚嗚嗚嗚嗚嗚……」房裏迴盪着一陣低沉的哀號聲。

「嘩！這真的很恐怖啊，安娜。」雪寶很佩服她。

「嗯……」安娜眨了眨眼，「剛才的聲音不是我發出的。」

「嗚嗚嗚嗚嗚嗚……」那哀號聲似乎是從城堡外傳來的。

突然傳來一下聲響，令大家都嚇了一跳。愛莎、安娜和雪寶立刻跑到窗前，他們看見有個影子正向他們邁進！

「你們留在這裏。」愛莎邊說邊走出走廊。但安娜和雪寶也跟隨着她出去了，他們總不能讓愛莎獨自面對那隻長毛怪！

愛莎打開城門，大家一起偷看着外面，門外一片漆黑。雪寶拖着安娜的手，又做出防衛的姿勢，準備迎接長毛怪的尖牙利爪。

但原來眼前的並不是什麼怪獸，而是斯特！

「斯特！」愛莎呼喚他，「你怎麼了？」

安娜看了斯特一眼，便猜出他的情況了。「你也睡不着，對吧？斯特。」她溫柔地摸摸他的鼻子說，「克斯托夫肯定在打鼻鼾，讓你睡不了吧。小矮人們說他的鼻鼾聲大得可以引起雪崩！」

斯特點點頭。

「你也來加入我們的睡衣派對吧！」雪寶說，「以我所知，這個派對是不太需要睡覺的。」

不久後，大家都快樂地聚在愛莎的房間裏。

安娜讓斯特和雪寶試試奧肯的面霜，大家都笑看着面霜從他們的下巴滑下來。

「不如再說個故事吧？」愛莎提議，並拿起了一本書。

「太棒了！」安娜同意了。她取了幾個枕頭，讓自己、雪寶和斯特能舒舒服服地坐着聽愛莎說故事。

不久，愛莎把故事說完了。她望望四周，聽見了沉沉的呼吸聲，原來同伴們都睡着了！

愛莎微笑着放下書本，輕輕地為安娜、雪寶和斯特蓋上被子，然後自己也上牀去了。她看了安娜和朋友們最後一眼，自己便也沉沉睡去了。

Disney
魔雪奇緣
FROZEN

冰雕大賽

安娜公主環顧了一下庭園。「這實在是舉行年度冰雕大賽的最佳日子。」她跟姊姊愛莎女王說，「天氣很冷，但天朗氣清。」愛莎笑了，她小時候最喜歡這個比賽。現在城門再次開放，她非常期待可以恢復這個傳統。採冰人將一座座的大冰塊拉到城堡的庭園裏，好讓參賽者可以雕出美麗的冰雕。庭園裏聚集了許多人，看來差不多整個阿德爾王國的人民都來了參賽。

雪寶走到姊妹倆的跟前，拉着安娜的裙子說：「來吧，安娜，我們也去找一座冰塊吧！」

「好啊！」安娜笑着說，「遲些見了，愛莎！」

「祝你們好運。」愛莎看着雪寶拖着安娜，說道。雪寶和安娜拿了一些冰雕工具，然後走到他們的冰塊前。

而克斯托夫和斯特也在附近欣賞着自己的那塊冰。

「雖然這是我第一次雕刻冰塊，但我自小就在切割冰塊了。這不會太難吧？」

斯特點點頭。

「我們天天都對着冰工作啊！」克斯托夫說，「我們知道有關冰的秘密。我們肯定可以造出一個超棒的雕像！」

這時，愛莎拍拍手，呼喚大家。

「大家早晨！」她說，「歡迎到來參加冰雕大賽！」

羣眾也歡呼起來。

「規則很簡單。」愛莎說，「參加者可以自行雕刻，或是二人組成一組。每組都可以雕刻到日落為止。然後，我就會選出勝利者。現在可以開始了，祝大家好運！」

冰雕大賽的參加者各就各位，這時，安娜看到了克斯托夫和斯特。他們要雕刻的冰塊就在她和雪寶的冰塊旁！

「我不知道你來參賽呢。」她跟克斯托夫說。

「我也不知道你來參賽。」克斯托夫回答。

「我應該猜到的。」安娜笑着說，「畢竟，冰是你的生命。」

克斯托夫笑了，他可不會否認這個事實！

安娜伸出手來，「加油。」她說。

「願最棒的冰雕家能勝出！」克斯托夫回答說。

安娜和雪寶拿起工具，便一同開始在冰塊上雕琢。安娜彎下身子，用鑿子敲擊冰塊。

「嘩！這實在太好玩了！」安娜說着，又再向冰塊揮動鑿子。

雪寶也興奮地笑着，一邊用鑿子敲出了一小塊冰，「這真的很好玩！不知道我們會弄個什麼東西出來呢！」

「很快便會知道了。」安娜邊說邊興致勃勃地雕琢着冰塊，弄得冰粒四濺。

同一時間，克斯托夫和斯特則小心翼翼地檢查着他們冰塊上的裂紋。克斯托夫將耳貼近冰塊，合起了眼睛。

「好了，斯特。現在我知道冰塊會在哪裏裂開了！」克斯托夫終於說。

安娜在旁邊看着克斯托夫和斯特謹慎地開始雕琢冰塊。她停了下來，看看自己的冰塊。原來她跟雪寶都太過興奮地鑿走冰塊，現在它看起來什麼都不像。可能克斯托夫的做法才是正確的。

安娜和雪寶停止雕琢，放下了手上的工具。安娜跪了下來，試着聆聽那塊冰。

「冰在說什麼呢，安娜？」雪寶問。

「我什麼也聽不見。」安娜說。不過，她後來留意到了冰塊上的細紋和裂痕。現在她知道冰塊會在哪裏裂開了！他們又再拾起工具，再次快樂地雕刻。

克斯托夫聽到了安娜和雪寶的歡笑聲。雖然他們的冰雕看上去很古怪，但他們似乎樂在其中。

克斯托夫看看斯特和自己的冰塊，他們幾乎沒有動過那塊冰。

「也許我們不用太小心。」克斯托夫告訴斯特，「我知道我們應該要雕刻什麼了。」

他跟斯特說了些悄悄話，斯特聽後笑了起來，然後他們又重投工作。克斯托夫用他的鑿子，而斯特用他尖銳的鹿角來雕刻。不久後，他們也發出了陣陣笑聲。

時間一分一秒地過去，所有隊伍都在努力地雕刻冰塊。不久後，許多冰雕都漸漸成形了。有一隊在雕刻海豚，另一隊則在雕刻海鳥。克斯托夫和斯特繼續慢工出細貨，而安娜和雪寶則飛快地鑿走冰塊。

安娜真沒想過可以這樣樂在其中，冰雕可能會成為她的新興趣呢！

最後，愛莎在庭園裏大聲宣布：

「太陽下山了！開始評判了。」

愛莎逐行逐行的走着，細心觀看每一隊的冰雕成品。其中一個冰雕人雕出了一隻可愛的小北極熊。

「可愛極了！」愛莎說。

然後她看到了克斯托夫和斯特的冰雕，她笑了起來。

「這很像斯特！這主意很棒。」她說，「可惜你們無法完成。」

然後，愛莎走到了安娜和雪寶的冰雕前。

「嗯，你們完成了作品。」她說，「但這是什麼？」

「你看不出來嗎？」雪寶問，「是個冰人！」

「噢，當然了。」愛莎禮貌地跟安娜和雪寶說，「這……這也很可愛！」

愛莎仔細地看着每個冰雕，有魚兒、海豚和海鷗。她又看見有小貓、天鵝和帆船。這一切都看得她目不暇給，要選出冠軍一點也不容易呢！

最後，她停在奧莉娜和凱伊的冰雕前。他們雕刻了一座城堡。

愛莎看得出神。「太美了！」她驚歎，「看！雕刻得多細緻啊。你把每個窗戶、每座塔樓、每塊磚頭都雕琢出來了！」

愛莎面對羣眾宣布：「奧莉娜和凱伊就是今天的冠軍！」說着又把第一名的獎章放在冰雕上。

羣眾發出熱烈的掌聲，奧莉娜和凱伊也自豪地笑了。

「你知道嗎？」克斯托夫對安娜說，「如果我們一隊的話，肯定可以雕刻出很棒的東西。」

安娜笑着說：「也許下次我們幾個可以一起合作。你負責聆聽冰塊。」

「而你可以確保斯特和我不會過分認真。」克斯托夫補充。

兩位朋友便握了握手，他們已經急不及待想參加下次的比賽了！

Disney

魔雪奇緣

FROZEN

克斯托夫的生日慶典

克斯托夫很喜歡跟小矮人一起生活。有一天，克斯托夫和斯特留意到有些小矮人在開派對。「他們在慶祝什麼呢？」克斯托夫問他的養母波達。

波達笑了。「你未見過世紀派對嗎？」她問，「就是要慶祝又長大了一百歲！今天摩巴已經兩世紀大了！」

「噢！」克斯托夫說，「就像慶祝生日那樣！對吧，斯特？」

波達興奮地拍着手，問：「人類也有世紀派對嗎？」

斯特鼻子噴了一下氣，搖搖頭。

「嗯，不完全是一樣的。」克斯托夫說，「人類每年都會慶祝生日的。」

「每年？」波達問，「那就是說，我們的克斯托夫也快要慶祝他的生日了！」

克斯托夫聳聳肩：「我不確實知道自己什麼時候生日。通常你的家人會替你記着的，但……」他的聲音越說越小。

「但你失去了家人，直至你來到跟我們一起生活。」波達溫柔地說，並大力地擁抱了兒子一下，「但如今已經不再一樣了。我們只需要選定一天，就可以宣布那天是你的生日了！那麼，生日派對到底要做些什麼？」

克斯托夫又再次聳聳肩：「我不知道啊，我從來都沒去過生日派對。」

「那麼我們就邊做邊想吧！」波達說，「首先我們會為你辦一個驚喜派對！」

「但我已經知道了。」克斯托夫說。

「沒關係。」波達說，「這不重要，總之我們會辦一個驚喜派對！」

那天晚上，克斯托夫在皎潔的月光下，帶着笑容進入夢鄉。

生日派對！

他從沒想過可以有自己的生日派對，更別說是跟家人一起的派對。

克斯托夫醒來的時候，發現整個山谷裏的小矮人突然都非常忙碌。他們忙得沒有時間跟他玩耍，甚至沒有時間跟他聊天！

「嗨，大家好。」克斯托夫趁着朋友匆忙經過的時候叫住他們，「你們想不想——」

但他的話還未說完，小矮人們已經在轉角消失了。

他又再次嘗試：「波達，我們可不可以——」但波達只是向他揮揮手，笑着走過。

克斯托夫望來望去，似乎所有人都朝同一個方向走去。忽然，克斯托夫明白了是怎麼一回事。

「那麼，我的驚喜派對什麼時候開始？」他問其中一個小矮人。

「完全不知道你在說什麼。」小矮人說，「我連你是誰都不知道。派對是什麼來的？沒有這回事。就當我們這次對話沒有出現過。」

「好吧。」克斯托夫說，「幸好，至少還有斯特。」

但當他轉過身來，卻發現斯特也不見了！

「生日快樂！」幾天之後，克斯托夫被巨大的祝賀聲驚醒。

山谷裏的所有小矮人都前來慶祝他的生日！克斯托夫從來沒有見過這麼多的小矮人聚集在一起。他們全部都滿心期待地看着他。

「你覺得很驚喜嗎？」波達問她兒子。

「嗯……也不是很驚喜。」克斯托夫承認，「但我真的非常、非常快樂！」

小矮人也急不及待了，他們將克斯托夫拉下牀、穿上衣服，然後帶他前往派對的地方。派對的第一個活動就是很刺激的小矮人保齡球。

「這是什麼來的？」克斯托夫問。

「我們全部都是球！目標就是擊中那些松果！」波達邊解釋邊「嗖」一聲地滾下山坡。「哇哈！」

克斯托夫也笑着跳起，跟着波達將自己滾下山坡。

克斯托夫整晚都在跟朋友們玩遊戲。小矮人想得非常周到，甚至還做了一個特別的生日甜品——泥漿批！

克斯托夫最初也不太想吃，但又不想令家人失望。於是他緊緊閉起雙眼，淺嘗了一口。他發現泥漿批美味極了！

突然間，波達扯了一下克斯托夫的衣袖。「我猜我的蝙蝠會比你的快！」她說。

克斯托夫有點迷惘。「蝙蝠？」他問，「什麼蝙蝠？」

「當然是蝙蝠比賽的蝙蝠啊！」波達說，「每人都會選一隻蝙蝠，然後看看哪一隻最先飛到那羣小飛蟲裏！」

小矮們都選好了自己的蝙蝠，然後便一起把牠們放飛。波達猜對了，她的蝙蝠確實比克斯托夫的飛得快！

蝙蝠飛走了以後，小矮人們便圍着克斯托夫坐了下來。他們輪流站起來，為克斯托夫的生日而說一個自己創作的全新故事。

克斯托夫快樂地聆聽着每個故事，他很感激朋友們為他而準備了這麼多的好節目。

最後，波達陪克斯托夫回到他那長滿青苔的牀，為他蓋上被子。「你喜歡今天的生日派對嗎？」她問。

「這是世上最好的派對。」克斯托夫睏倦地說。他給了波達一個擁抱。

「我也很享受呢。」她說，「你知道嘛？人類的生日派對太好玩了——我們下年要再來一次！」

克斯托夫笑了：「這真是太好了。」

不久他就睡着了，夢中他跟他的新家人慶祝着未來許多許多的生日。

DISNEY

魔雪奇緣

FROZEN

愛莎難忘的一天

在一個明亮的冬日早上，愛莎王后醒來的時候有種奇怪的感覺，好像自己忘了一件重要的事情似的。

會是什麼事呢？愛莎想着。她沒有什麼約會需要前往，又已經預備好跟種植青苔的農夫們午飯時要說的話，她甚至已經批核了下星期舞會的餐單。

忽然，愛莎驚叫了一聲。她發現今天是自己的生日啊！怎能忘記了呢？

愛莎查了一下她的日程。不論今天是否她的生日，她都有很多事情要做。她想：可能安娜也忘記了吧。那麼我就不需要參加生日派對了。經過了忙碌的一天，如果可以只跟家人和朋友一起輕輕鬆鬆就好了。但如果安娜記得愛莎的生日，她也許會辦一個盛大的派對，並邀請許多人來參加。

然而，當愛莎踏進了飯廳，就知道她的妹妹和朋友並沒有忘記她的生日。

安娜一見愛莎，便跳了起來，「無緣無故」地給了愛莎一個擁抱。而克斯托夫也「沒什麼特別原因」地做了些特別的鬆餅。

　　突然，王室管家來了，向安娜遞上一張紙條。

　　「這應該是關於那些花的。」安娜說完，立即用手掩住了口，「我意思是說花園。就是……我們要在南翼那邊加建的花園。」

「城堡裏沒有南翼啊。」愛莎指出。

「很快就會有！」安娜說着便衝出門口，「我要去檢查一下了，再見！」

幾分鐘後，奧莉娜又走進飯廳。

「打擾一下。」她對克斯托夫說，「王室麪包師傅叫我來告訴你，他無法做出五十層的蛋糕。」

克斯托夫搖搖頭。「蛋糕？什麼蛋糕？沒有蛋糕啊。」他緊張地說，「他是說五十個人。就是，呃，那個今天舉辦的國際象棋比賽吧。」

克斯托夫很不自然地轉向愛莎，說：「嗯，我也要立即去跟麪包師傅談談那個蛋糕——我是指，象棋比賽了。」

愛莎會心微笑，看着克斯托夫離開飯廳。她很清楚知道今天才沒有什麼象棋比賽。

「克斯托夫肯定很喜愛象棋了。」雪寶愉快地說，打斷了她的思路，「象棋是什麼來的？來吧，多吃些鬆餅。這些糖漿很黏很好玩！」

愛莎笑着搖搖頭。雪寶也許不知道他們在做什麼，但他們瞞不過愛莎的。安娜和克斯托夫很明顯是在為她預備一個驚喜生日派對，而且肯定相當盛大。愛莎並不特別喜愛盛大的派對，但知道安娜和克斯托夫這樣有心思地為她安排派對，這令她很開心。

愛莎將她的生日——和她的驚喜派對——暫時拋諸腦後，前往城堡會客室。她整個早上都忙着聆聽阿德爾王國人民的需求，並為他們提供建議。

「我有太多隻狗了。」第一個來訪的人說，「我要找一間新的屋來安置牠們。」

「我需要一隻狗來看守羊羣。」第二個人說。

「我需要聘請一個牧羊人來牧養我的羊。」第三個人說。

愛莎想了想，就笑着說：「我想到了一個好辦法。」

接着，愛莎去了跟一羣種植青苔的農夫共進午餐，他們從阿德爾王國的最北端前來探訪。

「我們為你帶來了北方的傳統佳餚。」其中一名農夫說，並拿起一盤綠色的曲奇讓愛莎品嘗。愛莎咬了一小口，努力讓自己不露出難吃的表情。曲奇的味道奇怪極了！

「這是用青苔做的。」另一名農夫解釋說。

「果然是獨一無二的。」愛莎禮貌地說，「很榮幸可以品嘗得到。」

飯後，愛莎便坐下來檢視一下，王室的財政預算。忽然，報信者帶着一封急件走進來。附近一個村莊發生了山泥傾瀉，雖然沒有人受傷，但有些村民被困在家中。

愛莎知道要找誰幫忙，她立即寫了一封信，交給報信者。

「請將這信件交給護衛長吧！」她說，「很緊急的。」

愛莎知道護衛長有許多能幹的士兵，他們可以迅速地拯救那些被困的村民。

愛莎歎了口氣。山泥傾瀉很危險，而財政預算又相當沉悶！

漸漸到了黃昏，愛莎站在城堡上看着整個阿德爾王國。平時，她最喜愛的時候就是晚上。她會跟安娜和克斯托夫吃個安靜的晚飯，然後在火爐邊閱讀，或是帶着雪寶散步。她總是很期待晚上。

但愛莎知道這天晚上她必須要努力應酬。她的「驚喜」派對可能會有五百位賓客，生日蛋糕也會有一隻馴鹿那麼大。

「他們這樣做是因為他們愛你啊！」愛莎提醒自己，「起碼安娜會感到很快樂，因為安娜很喜歡盛大的派對。」

這時，安娜就在門廊出現了。

「愛莎。」她說得很自然，「真巧啊，我剛在找你。不如你來跟我一起看看那個新……嗯……花園吧。」

愛莎忍不住笑了。「新花園啊！」她重複着說。

安娜沉默地帶着愛莎在城堡中穿插，氣氛有些尷尬。最後，愛莎覺得妹妹有點可憐。

「你不需要再假裝了，安娜。」她停在宴會廳的門前說，「我知道你為我安排了一個盛大的驚喜派對。」

「噢，的確是個驚喜沒錯。」安娜露出一個淘氣的笑容說，「但不是你所想的那種驚喜。」

安娜打開大門。

愛莎猜對了，宴會廳中放着一個巨大的蛋糕！但就只是這樣——

「驚喜吧！」安娜和克斯托夫叫道。

「是你的生日啊！」雪寶也叫着。

愛莎四處張望，感到很驚訝：「真的難以置信啊！」她非常詫異。

「我也難以置信啊！」雪寶搖搖頭說，「但我看到蛋糕和那些禮物便知道了。」

其實，讓愛莎難以置信的是，這裏沒有弦樂隊，沒有貴重的瓷器，也沒有幾百位來賓……

「就是我們幾個了。」安娜說，「這是個跟家人朋友一起的安靜小派對。」

「這就是我最想要的了。」愛莎擁抱着妹妹說。

「那麼你感到驚喜嗎？」安娜問她。

「簡直喜出望外！」愛莎笑着說。

「我以為你會安排一個隆重的慶典，因為你總是很喜歡盛大的派對。」愛莎對安娜說。

「但你不喜歡啊！」安娜說，「你喜歡跟家人和最好的朋友安靜地度過晚上。而在你生日的大日子裏，你更加應該得到你最渴望的東西。」

這晚，愛莎和家人、朋友們一起吃吃蛋糕，聊聊天，度過了一個平靜而幸福的生日。

Disney
魔雪奇緣
FROZEN

神秘的冰怪

這是一個風和日麗的春日，阿德爾王國的愛莎王后決定放假一天，從日常的工作中休息一下，花點時間跟妹妹安娜相處。

「小心啊！」安娜大叫，她騎着單車從城門口高速駛出來，國民看見她都立即讓路。

「那不公平啊，安娜！」愛莎邊叫邊騎單車追在她妹妹後面，「雪寶還未數到三，你就出發了！」

雪寶在兩姊妹後面跑出來。「等等我啊！」他說，「嘩……是蝴蝶啊！」

安娜差不多到達終點線的時候，面前卻忽然出現了一道冰牆，她必須立即改變方向才能避開，而愛莎則在旁邊笑着，輕輕鬆鬆地駛過她。

「愛莎，運用魔法就是在作弊啊！」安娜叫道。

「你只是在妒忌我快要勝出了吧！」愛莎回應。

這時，愛莎留意到克斯托夫和斯特剛好路過，他們看來有點不開心。於是她立刻停下來看看什麼事。

安娜駛過了她那班朋友，然後跳下單車，叫着：「哈！我勝出了！」但當她看到了克斯托夫的樣子，她的笑容便消失了。「克斯托夫，你沒事吧？」她問。

「我們在找你們呢。」克斯托夫說，「斯特和我在森林裏看到一個巨型的生物！我們想走近一點看，但風雪太大了。愛莎，你能否控制一下那些風雪，好讓我們能看清那是什麼？」

「你猜得出那是什麼嗎？」愛莎問克斯托夫。

「我看得不太清楚，但我覺得那可能是……一隻怪獸！」克斯托夫說。

姊妹倆都同意一起去幫助他，於是立即趕回城堡裏去帶點物資。她們在前往會合克斯托夫和斯特的路上，碰見了雪寶。

「你們去了哪裏啊？」雪寶問，「我原本在你們後面，但後來看到了一隻蝴蝶……」當雪寶看見安娜穿上了披風，又問：「我錯過了些什麼嗎？」

「我們正要去尋找怪獸啊！」安娜說。

「噢！」雪寶說，「我也可以去嗎？」

雪寶也加入了，於是他們幾個一起上山去尋找斯特和克斯托夫看到的怪獸。

他們爬得越高，天氣就越冷。不久之後，還開始下雪——一場很大的雪。

「看！」雪寶指着落在愛莎身上的雪，「現在你也有一個會在你身上下雪的雪雲了！」

雪寶拖着愛莎的手，開始起舞。愛莎也笑着跟雪寶在轉圈。

「嗯，愛莎？能幫幫忙嗎？」安娜說。

愛莎回頭看見她妹妹、克斯托夫和斯特都被雪蓋住了，冷得快要結冰。她立即將暴風雪轉離那裏，讓出一條路給她的朋友。

「呼，現在好得多了。」安娜說着，掃落她身上的雪，「現在，看看能不能輕易地找到我們那位神秘的朋友。」

「克斯托夫，我們差不多到達你看見怪獸的地方了嗎？」過了一會兒，愛莎問。

克斯托夫和斯特互相對望着。「我們記不清楚了。」克斯托夫坦白地說，「當時很大雪，而且斯特也拐錯了彎。」

斯特也點點頭。

忽然，山間傳來了一陣咆吼聲，大家都僵住了。

「斯特，聽得出你實在很餓了。」雪寶說。

「那聲音應該不是斯特的肚子發出的，雪寶。可能是那隻怪獸！」安娜叫喊着。

他們開始向聲音源頭前進。但不久後，又從相反的方向聽見了第二次的咆吼！

「有兩隻嗎？」安娜頓了一頓，忍不住問。

愛莎細心聆聽着。「我想那應該是咆吼聲撞在石頭上反彈過來的回音！」她說。

「那麼我們怎樣去找那怪獸呢？」克斯托夫問。

愛莎想到了一個方法。她重重地踏了雪地一下，然後造出了一條通往天空的冰樓梯。在樓梯上面，他們就能看見整個森林了！

安娜、愛莎和克斯托夫便開始走上樓梯。斯特卻在樓梯下發出懊惱的叫聲，因為冰樓梯對他來說太滑了，所以他跟雪寶便留在地面。

當安娜、愛莎和克斯托夫走到了樓梯頂，山間又傳來了一聲咆吼。「看！那邊的樹在動！」安娜指着那邊說，「怪獸肯定在那邊。」

這時，樓梯開始搖晃。在樓梯下的斯特立即走到最近的樹旁躲避，但雪寶卻被分散了注意力。

「哈囉！」他跟小鳥說。

「雪寶，小心啊！」安娜大喊。

但太遲了！那隻神秘的怪獸已經從樹林中衝出來，來到毫無戒備的雪寶前面！

雪寶抬頭一望，叫道：「是棉花糖啊！」

「噢，對了，是棉花糖！那個想要攻擊我們的巨大冰怪！」克斯托夫說，「我們是否應該趕快逃命？」

雪寶擁抱着棉花糖，說：「棉花糖並不可怕！他是我的朋友！」雪寶向這個大雪人笑了笑。

「沒錯啊，克斯托夫。」安娜邊說邊走下樓梯，「棉花糖看起來一點都不恐怖了。」

棉花糖俯下身來緊緊地擁抱着雪寶。

「嘩，你的擁抱真棒啊！」雪寶說，「雖然我想我快要被壓扁了，但只是有一點兒而已。」

安娜看着斯特和克斯托夫，然後又望望愛莎。

「我想棉花糖可能有點寂寞。」安娜說。

棉花糖也點點頭。

「對不起啊，棉花糖。」愛莎說，「我以為你留在山間會快樂一點。真希望能為你做點什麼。」

「我也是啊！」安娜說。

克斯托夫和斯特又對望了一下，他們想到了一個主意：棉花糖可以幫他們運送冰塊！

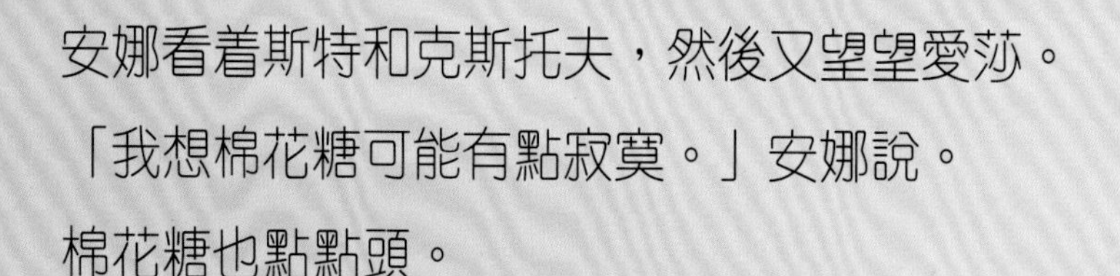

幾天後，安娜和愛莎在港口附近看到了一個巨大的身影，原來就是棉花糖跟克斯托夫和斯特！

「嗨！棉花糖。」安娜叫他，「最近怎樣？」

愛莎也笑着說：「我認為棉花糖比起上次見他的時候開心多了！」

棉花糖點點頭，又摸了摸斯特和克斯托夫的頭。他很高興可以成為他們的一分子呢！

Disney
魔雪奇緣
FROZEN

給斯特的特別禮物

這天，阿德爾王國風和日麗。雪寶在城堡門外的草地上跳舞，有時停下來嗅嗅花香，採採鮮花。愛莎、克斯托夫和安娜在他後面散着步，一邊享受陽光，一邊愉快地談天。

在草地的另一邊，斯特在跳來跳去，追着蝴蝶。這實在是很適合進行戶外活動的一天。

突然，安娜停下來了，轉向克斯托夫、愛莎和雪寶。「我很想現在就把斯特的生日禮物送給他，是鹿角光油。」她興奮地說，「你們買了什麼給他？」

「我買了一條新的鹿帶給他。」愛莎回答，「還會做個胡蘿蔔蛋糕！」

「我買了些進口的青苔給他。」克斯托夫說。

「今天是斯特的生日嗎？」雪寶問，「但我沒有準備禮物啊！」

「別擔心，雪寶。」克斯托夫說，「明天才是呢！咦，還是下星期呢？」他聳聳肩，「不要緊，我們通常都大概在這段時間跟小矮人們一同慶祝，他們都不太着重正確的日期！」

「嗯，但我們會明天慶祝。」安娜說。

給斯特的特別禮物

回到城堡後，雪寶一直在想應該送什麼禮物給斯特。他的朋友都為斯特預備了很棒的禮物，雪寶也想為這位馴鹿朋友送上特別的禮物。

他環視着城堡。

「噢，一本書！」他說，「或是一個花瓶，或是一枝鵝毛筆和墨水！」

雪寶找到了許多東西，他覺得這些東西都很棒，叫他如何只去選擇一樣來做禮物呢？

當雪寶看着這一大堆禮物的時候，愛莎出現了。

「雪寶，一切還好嗎？」她問。

「我不知道應該送什麼給斯特作生日禮物啊！」雪寶苦惱地說。

愛莎想了一會兒，然後說：「嗯，有時候最好的禮物就是一些對你來說很重要的東西。」

雪寶笑看着愛莎，覺得她真的很聰明，難怪她是王后！這是他整天聽過最好的建議。

雪寶走出門外繼續思考。當他一踏出門外，他的雪雲便出現了。這時，雪寶突然想到應該送什麼給斯特了。

首先，雪寶需要一個盒子。他找遍了城堡裏的每個衣櫃，終於找到一個大小適中的盒子。

接着，雪寶走到馬廄。

他小心翼翼地把最新鮮的乾草鋪在盒子裏，直至盒子都填滿了乾草。他想確保他給斯特的這份禮物有足夠的軟墊去承托。

最後，萬事俱備了。雪寶伸出他的手，從他的雪雲裏摘下一片雪花。

「你好，雪花。」雪寶說，「斯特會很愛你的，像我一樣。」

雪寶肯定斯特在這樣的熱天裏收到這片雪花會很興奮。他小心翼翼地把那片雪花放在乾草上，把盒子蓋上，再用絲帶綁着。

「合適極了！」他說，「一會再見了，小雪花！」

HAPPY BIRTHDAY SVEN

第二天就是斯特的派對了。克斯托夫負責繫上氣球和彩帶，而安娜則負責安排派對的遊戲。

不久，大家玩起了「為馴鹿貼尾巴」的遊戲，而斯特在一旁快樂地咬着胡蘿蔔。

「誰想吃蛋糕？」愛莎拿着一個自家製的胡蘿蔔蛋糕進來，蛋糕鋪上了像白雪般的糖霜，還插滿了胡蘿蔔狀的蠟燭。

他們一起為斯特唱生日歌，再由他吹熄蠟燭。

雪寶已經等了一整天，他很想為斯特送上禮物。這時，他想立即就送禮了。

「斯特，是時候收禮物了！」他急不及待地拿出他的禮物盒子。大家也認同送禮時間到了。

斯特很高興收到愛莎給他的鹿帶，又興奮地收下安娜送他的鹿角光油，他也很喜愛克斯托夫送他的進口青苔。最後，雪寶把他的禮物送給斯特。

斯特解開盒上的絲帶，把蓋子推到一邊，然後……

雪花不見了！雪寶四處查看，感到有點迷惘。他不明白究竟發生了什麼事。

「嘩，雪寶！」克斯托夫說，「你送了最好的禮物給斯特。」

「什麼？」雪寶看着斯特說。斯特一頭栽進盒子裏，很開心地吃着乾草。

「嗯，你看他吃得多快樂！」安娜說。

「雪寶，為什麼你會知道斯特最喜歡吃每一季最新鮮的乾草？」克斯托夫問。

雪寶笑說：「是愛莎教我去想斯特會喜歡什麼的。」

雪寶看着斯特。斯特也許沒有得到雪寶原本想送他的禮物，但雪寶很高興斯特同樣喜歡這份禮物。能為朋友帶來快樂，對他而言，就已經足夠！